歌集

窓に寄る

中野昭子

角川
平成歌人
双書

角川書店

窓に寄る◇目次

装幀　大武尚貴

歌集　窓に寄る

中野昭子

とほいと思ふ

外は雨あめのしづかにふる音に濡れくるごとし坐りてをれば

けふのやうな冷たき雨の日にあらばあの敗戦のいかにありけむ

いつだつて子馬と見まがふ大きさの犬を飼ひゐき兵たりし父

すずめごの砂浴びをせし地の窪み入りたる日差し愉悦のごとし

少しだけ頭をだして大鋸屑に仙人が居る伊勢の山芋

ビニールの水色テープぐるぐると巻く如雨露から水のしたたる

白猫が真つ白の猫に見えるといふ月夜を帰りきたりて娘

みんなみへ機影の消えて茅渟海の春をゆくころへリコプターは

右ひだりからだをふりて鳥歩く瓦礫の上をあゆみし記憶

なにか音の聞こえしやうで覗きなほす箱の底から津波の音が

最期のとき空を見し人のありにけむわれの頭上にひろがる空を

二十三年の春の無音を思ふなり天井高き京都駅舎に

普通車が快速電車に追ひつきて併走すれば楽しくなり来

信号の変はるをまつ間われはふとみづからの身を直立せしむ

椅子の裏の穴をさぐりてねぢ込みし螺子がまたもやぽとりと落ちる

またとほくなつたと思ふ結ばむと体かがめど靴の紐まで

和ちゃんと西原先生と鈴ちゃんのこゑが降りくる空のおくから

不発弾と同い年なり爆弾のとびかふ時にわれら生まれて

午後

夜の雲ながれるはやし人らみな振り落とされむこの地球から

両の手をまつすぐあげてバンザイをくり返すとき運動となる

ひろらなる野に寝転べば山が消え空がひろがるわがうへに来て

羽音して見上げたるとき鳥の足が胴のなかへと引き寄せられる

草むらをでて草むらに入る蜥蜴メタリックブルーの尾が見えてゐる

家と家のあひだを縫ふくねくねの道をきたれば桑の木畑

減速をはじめる電車の後方に踏切の棒の上がりゆく見ゆ

明け方のこそこそ泥棒うしろ姿みせて逃げしと新築の家

天気雨ふる明るさの目覚めてもだあれもゐない夏ふかき午後

もしもいま猫になれたら楽しさうに転がしてみせるこの消しゴムを

お邪魔しますといふ中学生らの勢ひはそのまま裏へ出てゆきさうなり

たちばなの花のにほへる荘園のありにしところ立花ここは

赤信号

お揃ひの帽子と服のすずめたち落葉を踏みて冬たのしさう

コンビニの灯の照らしだす雨脚のなかにあらはれいでたり人が
足もとにあがり来る海の水思ふ暗き階段おりてゆきつつ

なづみなづみ今も進むか調査用ロボット一機建屋の奥へ

人の国の代はりと思ふロボットはそのままだらうか汚染ロボット

信号を待つ間もその場で走ることやめざる足はからだを載せる

パソコンの操作のミスの重なりを指摘してゐる娘の声が

備へつけの鉛筆持ちたり転がして党名きめるためにではなく

投票箱の向かうにいつも座りゐし頑強なる顔の老人をらず

回収車がぐしやりぐしやりとかみ砕きのみ込みたりきわれの自転車

紙の上ふとかげりしは溜息の影かと思へばさうにもあらず

墨のいろのうするるところに丸木橋描きたる絵師は人をわたらす

はこべらの若草色に近づきぬニワトリのやうな口となりつつ

ケータイを持つ手をのばし花花とみづからを撮るおうながひとり

花あぶたち

かへりくればいづこも暗しみどりいろの布が覆ひて鳥籠わが家

防音幕にとり巻かれゐて夜の更けの屋根にふるあめ垂直の雨

あぶらなの花におり来て蜜を吸ふ花あぶたちが尻を動かし

新聞に見入る娘の横顔が老いましし母にいたく似てゐる

屋根の上をあるく足音みあぐれば沼の水搔く鳥の足見ゆ

外壁を塗りかへてゆく刷毛の音かすかなるかな春の終日

犬小屋をもとに戻して犬を入れ塗装修理の終了とせむ

金柑を拾ひ見やれば酸つぱさう鳥の残せるくちばしのあと

巻き貝をでたるばかりの寄居虫《やどかり》のごとくすべなし人が訪ひ来て

花の下からこちらの方を見る人を見つつ電車に運ばれてゆく

やや暮れてきたるしづけき水面の花を真鯉が吸ひ込みたりき

にはか雨にさし掛けられる雨傘のなかに傘うつ音を聞きをり

根元から競ふがごとく枝いでて萩叢になる宮城野萩の

穴掘り

風のなき昼をこぼれる南天の日暮れて花の白のかがやき

一二三四、七八、九、十　黒き猫ばかりと思へば夢覚めにけり

出会ひ頭のワッとの声と四十を過ぎし娘のからだと抱く

旅客機が離陸直後の腹さらす軍行橋といふ橋の上

土を掻き石も掻きだし犬のやうに楽しかりけり軍手といふは

まだ穴にならないのかと問はれては掘りたる穴の深さを計る

地上にて不要のもろもろ埋めきし地中といふは土のにほひす

引きぬきし草をひとところに寄せゆけば達成感が小山をなしつ

木の間よりひかりはこぼれ草草をうづめし土の辺りを照らす

港まちの暮れゆくまへの山側に掛かれる虹のほのぼのと消ゆ

大皿の真中おごそかに点りつつ経済動物の肉片がくる

ぬかるみを踏む続きにて春落葉ふめば楠の木の林を出たり

向かうからこちらの岸に渡らむと葛が絡まる蔓から蔓へ

そこだけはさはらないでと猫が言ふ尻尾のくの字に曲がれるところ

こむら返りしてゐる足の指先へ黙し堪へよの命令とどかず

夏草

トンネルを出ると小さな湾があり湾のかなたの空限りなし

山脈も家並も低しそらに浮くトンボのやうな飛行機ふたつ

低くぶるんぶるんと飛べる飛行機を見送りたりき点となるまで

雨あがる大阪駅を発ちくれば濡れる夏草　砺波、城端

叔父も叔母も死んでしまつて次の番はわれらのうちの誰かと言ひて

火加減が強すぎたといひもう少しで歩けるはずの足だつたとも

差すほどでもない雨空へ傘広ぐたのしい人だつたただなんとなく

大蛇さまに人をささげて六軒の村を守りし民話のありき

老いたるも若きも雪ふる谷川を舟にくだりき峠は雪で

根雪さへ消えゆくころの小背谷や人喰谷の春の紫萁《ぜんまい》

運転席をいでたる人が運転席に移りて単線折り返しゆく

黄金のいろのまぶしく八階は仏壇居並ぶセールの最中

おやたちのあくがれゆきし処かな観音開きのとびらの内は

近くにて人に会ふからそのあとでついでに寄ると娘は墓に

夕暮れのわれを迎へに来るために車は去りぬここを目指して

スカイツリーぐらゐ

夏の日がわれにぶち当たり影となる路面電車をおりたる足もと

ドームの柱、柱のあひだの動かざる時を撮りをり次次人が

炸裂の時を思へとガイド言ふ　高さは丁度スカイツリーぐらゐ

犬も猫も鼠も声をあげたりけむ草むらの虫そら飛ぶ鳥も

左の肩焼け焦げてゐるシュミーズ　木綿のシュミーズわれも着たりき

逃げ惑ふ人を摑まむと延びる手の如くにありしか炎といふは

焼け跡の傷跡の上に復興の土を被せしところか此処は

ジャリ、ジャリと音して静か砂利道の木立は風になびきさへする

乳母車のつけたる跡が砂利道を外れて木陰のベンチに向かふ

砂利道はわれを運べば踏む石の一つ一つが音を出す道

目薬をさすときのごと息を止むペットボトルの水を飲むとき

人工池に影がよぎりて来たるもの見やれば鳩で一羽で歩く

すずめごの空へ飛びたち猫じやらしに触れるわが手にその実がこぼれ

柿の木の下を帰るひと
天井を出でくる黒き電線がすずらんの中に灯を垂らしたり

つくつくと鳴きだす声が連れてくるあの秋の道のツクツクボウシ

台風がこちらに来ると予言して坊さま帰る祥月命日

この袋がちやうどいいわといふ声とともに出される文旦三つ

台風の残りの風に煽られて浮き上がるとき羽ばたく鴉

にはか雨滴りて落つ傘立てにビニール傘を入れむとすれば

わが町に生まれ育ちし三匹のザリガニがゐるバケツの底に

柿の木の下を帰りてゆく土井さんの後ろすがたの見えなくなりぬ

効用を読みてさしたる目薬がまなこ閉ぢるとあふれいでたり

足がすこし遅くなつたのではないですか綱を引きつつ犬が振りむく

向かうから来るは昨日と同じなり犬も主もつつがあらねば

言ひ負けてその腹いせに娘の歌ふたつ作りき五十歳の頃

屋根のへに鴉忘れし柿の実の転がる下のわれ年をとる

愚かもの

雪晴れの空より降りきて着地せる鴉かがやく肩から背へ

紅梅がゆるゆる花を咲かしをり枝の先へとちからを移し

犬と猫の食ふ分少し取りおきて残る水菜を夫とわれ食ふ

春風邪のクシャミの人が出でゆけりクシャミをしつつ留守番われは

この椅子は古くなりしかば日向にて猫が眠りにくるときをまつ

味醂干しの小鰺が好きで人ならば三十過ぎになる奈々ちゃんは

干し芋のうまさ知らぬは愚かものフライドポテトのやうなる少年

階段の踊り場のわれ追ひ抜きて手足あやつり猫がおりゆく

高画質画面の映すはみな同じ街頭演説選挙風景

寝る人もスマートフォンに没入もみんな揺らして最終電車

ながき髪の毛を引き連れて降りゆけりうつむき眠りゐたりし人が

エレベーターを降りたるところも人が立つ迷はぬやうに投票場まで

一票を箱に入れたり圧倒的大勝利といふ予想のあれど

庖丁がストンと俎板うつ音に林檎の洞も二つに切れる

仰向けば昨日とおなじ枝にあり重たげにして橙の実が

川に沿ふこの道ゆきて訪ねむか卯木咲く頃土井さんの家

跳ねる本

紙の端とんとんとんとんと揃へおきホッチキスの中に針充填す

本箱から落ちてきたりて床のうへを跳ねたり本がただ一度だけ

京をでて摂津の国へ流れ入る淀川の見ゆ墓処に立てば

震災用懐中電灯の照らし出す押し入れの奥の歌集一冊

塀沿ひに鉢はならびて一本づつ大きな菊を白くかかげる

欅の葉が散りつつ吹かれゆく方へ われも背中を風におされて

水仙の直ぐたつ影をふむ土に雨のにほひの弾力がある

川底をころりころりと転がれる紅葉の上を流れる紅葉

点す

この夕べ声のみならず彼方より風の吹きくる更地を抜けて

物干しの竿の掛かりてゐしままの物干し台ももうなかりけり

小野さんの大犬蓼のありし庭に積み上げられたり建築資材

車よりホースは垂れてうねりつつ穴のなかへと生コンを吐く

建屋へと放てる水の命中を祈りしあの時いまだ笑へず

足腰の力すなはち尾のちからゲンちやんの尾におとろへがみゆ

もぎ取りて夫が食ふから雀きてかはるがはるに庭の柿食ふ

青き空でありにしところに人が立ち平たき板を張りつつゐたり

釘打ち機の連続音が鳴りゐたりびしやりびしやりと寒き音なり

山の雲をひき連れてくる六甲の風をゆふぐれの窓に見てをり

十二月十日にならうとするころの雷われの屋根をこえゆく

大工さんがみづから点す明かり消え暗き箱なり三階建ては

窓にひとつ昇りてきたる丸き月われに灯りを消さしめたりき

お歯黒

くちばしを水よりあげたる青鷺の顔を間抜けとたまゆら思ふ

欄干にもたれる子供用自転車が錆びはじめたりまづサドルから

年老いてしまひたる犬と少年は阪神大震災を知らぬもの同士

海の水が地下に入りたらば滝とならむエスカレーターのこの急坂は

鳥のごと空に向かひてわれが鳴く首のたるみを膨らましつつ

見あぐればだいだいの実が輝きぬいづれの葉つぱも雨雫して

村祭りの日のみお歯黒をせし祖母を思ひ思ふはなぜかと思ふ

まだ濡れてゐるよと頭を撫でられてゐたりき夢の中にて子らに

ひんがしのひかりに部屋の明けそめて六十九歳いよいよ抜ける

手のひらをぱつと広ぐるやうなりき床に落ちたる瞬間　卵

耳も目も衰ふる老いのただなかに春に十七になる犬がゐる

ペット用紙おむつ

水を飲みその場にへたりそのままに動けぬまでに犬の老いにき

ケータイは犬病院からの呼び出しで退院、自宅介護のすすめ

人ならば年に不足のなきといふ連れて帰らむわが家に犬を

脱水を思へど飲ませるをためらひぬ誤嚥もあるぞ老人のやうに

犬用の紙おむつゆゑあいてゐる小さき穴に尻尾を入れる

いやがる子に穿かせるやうに老い二人いい子いい子と犬に言ひつつ

紙おむつの穴より出る尾のあはれなり泥いて犬ゆゑにあはれなりけり

穿き心地のよきを思ひて人用のSサイズといふものも求めき

首輪の跡を見ればしみじみ思はれる犬の身体に肩のなきこと

生まれたての子鹿が立たむとするときのやうに喰はむと犬が踏ん張る

紅梅がつぼみ三つ四つ膨らまし春の近づく犬のかたはら

スマップ否スタンプ否とおぼえたるスタップ細胞その名前よし

冬の陽のあまねきもとに傘を干す葬儀の雪に濡れたる傘を

四十雀の声のあかるく降る窓をひらけばひかりのなかに枇杷の木

耳も目も衰へきたれば恐怖心の膨らみくるか犬が嚙むなり

名残の川

拳螺の腸きれいに抜き取る特技もつ娘二人のうちのひとりは

内側より不意に洩れくるこの息はすこしゆるみし臓器のため息

武庫川の水引き入れて田作りをなしし名残の川に鯉すむ

この街を愛するやうなゆるやかさ流れに沿ひて咲く花水木

どの鯉も口を本気にあけてゐるわが立つ橋の下の水面

しなやかにヒゲを眠らせ鯉がねる眠りの底にとどきたるとき

馬疾走す

シクラメンに挨拶をせり昨夜の雨吸ひたる黒き土にかがみて

犬連れの人がわが犬に退院をされたんですねとしやがみつついふ

老いてゆく心細さを伝へむとしてゐるのだらう尾を上げざるは

電灯の紐を引きたる瞬間に手から体へ覚めてゆくなり

四十雀のツィピーツィピーを真似たれば空の奥より応へて鳴きぬ

自転車の曲がりしあとを曲がりたれば踏切が見え忍海駅見ゆ

椋鳥は急ぎの用のあるごとくまつすぐ走る椋鳥に向き

八重葎も仏の座も伸びおしなべてそよぐ草むら窓のむかうは

水平に靡く尻尾のあらざれば疾走の馬うつくしからず

これは息子を応援してゐしときの声　娘の前を馬疾走す

海の底の揺れと思ふか浅蜊貝ボウル揺らせば貝をとざしぬ

改名してマグロ漁船になりたれば第五福竜丸マグロを捕りき

産婦人科医院の跡地は庭石も椿も消し去り空き地となりぬ

前からも後ろから見てもまぎれなく年寄りの犬ふはふは歩く

よろこびの尾を振らぬ犬になりたれば人を怖れず怪しみもせず

貯めすぎて動かなくなり掃除機のお腹のゴミはわたしが捨てる

信号機に悪戯をせし守宮とはわが家の守宮の子にあるまいか

朝はまだこないのでせうかとまた鳴きぬ犬小屋の奥の昼に向かひて

静かなる午後の三時をとび跳ねてすずめが道をよこぎりゆきぬ

カーテンが内にふくらみ夕風は通りくるなり芙蓉の葉むら

だいだい

水溜まりをつぎつぎ繋ぎもつと広くもつと広くと雨降り止まず

鴉きて雀らの来る雨あがり立ち入り禁止のロープの向かう

水の輪の生まれて消えし水溜まり雀のあとに猫のきて飲む

三家族の五段重ねのマンションが建つらしここに冬の来たらば

三人が体を反りてロープ引き引きて倒しぬ橙の樹を

だいだいの樹から梢が切られゆくざわざわ揺れる葉も青き実も

ひきずりて丸太運びて荷台へと放り上げをり二人がかりで

即死せず苦しみたりしは半黒の丸に記ししとふ被爆調査ノートに

山城国民学校

影を残し消えさりし人のごときなり石の階段に人の坐りて

八月の五日で終はる日記とは現在ならばメールの途中

夕立が来ればよいのにいま降らば雨水ためるあの窪みたち

足元を跳ねるバッタに屈むときエノコログサの揺れてゐたりき

雨水をためし凹みも原つぱも虫のたまごもトラックが積む

右の羽根ひだりの羽根を広げては繕ふ雀が葉の間に見ゆ

アメリカを巡り帰りてきたる夫を家猫たちが避けつつあるく

置き去りにしたるままなり父の足と義父の身体を南の海に

Tシャツの馬は尻尾をなびかせるわれの脇から背中の方に

わが犬と共に生まれし兄弟の五匹の犬も年寄りてゐむ

十五日に鐘は撞かれて蟬声のなかを通り来ひとつまたひとつ

台風の近づくときに咲きたれば右に左に揺れる芙蓉の

老いの手は震ふといひし人の手の作れる米の炊きあがらむとす

ワンとのみ声してそのあと鳴かざりき夢よりこぼれいでたる声か

予想線上

この朝の芙蓉の咲く音聞きながらいまだ寝てゐるやうなり犬は

夕暮れを見てゐるときの窓越しを芙蓉の花がすーつと落ちる

なく犬を家にいれたるそのあとを秋の夕暮れ広がりはじむ

母の爪を切りし大きな爪切りを捜さむ犬の爪切りやらむ

アスファルトの真白なる線は浮きたちて夜を曲がりぬポストを残し

亡き人の温情にむくい柿の樹が枝のあまたの実を赤うせり

思ひ出さむと努めてゐたり消費税増税法化のときの総理の名

台風が予想線上をくるゆゑに横にされたるクレーン一基

気温差のあるこの夕べ亡き人に触るさみしさ暮れてきたれば

あらあらと言ひつつわれの転びたるをわれは笑ひて娘わらはず

水中歩く

炙り出しの紙にミカンの香のたつと思ひたるとき燃えてしまひき

火鉢の火にあぶりたる紙の燃えたればもえたる文字をわれの思へる

人形をかかへて転びし雪のみち遊んでくれるひとのあと追ひ

ゆつくりと目線あげむとするときの風の岬のさびしき灯台

しづしづと水中歩くごときなり首の痛みを運ぶ体は

そろりではなくバタンとからだ倒すべし首の負担の少なき寝方

仰向けの亀が起きむともがきをり目覚し時計に手がとどかねば

海の上より来たるひかりはわが抱く秋明菊にま白くさしぬ

四五ひきの花虻のはねのあたたかき音のしてゐる石蕗の花

明石駅の改札に人が手をふりぬそんなはずはないがあの時のやうな

ガラスをとほる陽

いつせいに道を飛び立ちそばの塀のうへに並びぬ五羽がそろひて

電柱をあをあを包みてゐし枝の橙の木が伐られてあらず

人肌の湯につけてやると犬の身はしづかにその湯を飲みはじめたり

いつぱいに老いの詰まれる痩せ犬の身にシャンプーの泡あわ立てる

シャンプーの泡を流せばあはれなり骨あらはなる犬となりたり

山際の夕かげここの窓に来てガラスをとほる陽の豊かなる

こすりつつ力ふりしぼり擦るとき薬缶が音をたてたるやうな

犬の動く音する方へ耳すます澄ませばきこえくる夜の音

両方の足の十本の指ひらき大地をつかむおもひに閉ぢる

水準器は縦に当てられ角材は垂直にたつ柱となりぬ

バックしますご注意下さい繰り返す声を聞きつつまどろむわれは

夕方の散歩時間と送りだす老いたる犬と連れだつ夫と

玄関に扉が付きて夜となり施錠されたり鎖をかけて

建築の現場に音なし休暇中のかれら正月の顔となりゐむ

足萎えの犬を抱きて立ち上がり足がよろめく前に二三歩

この声は急ぎてわれを呼ぶ声なりちやんと用足せ枯れ草むらに

枯れ草へ犬抱きゆくはをさな児のトイレトレーニングしてゐるごとし

なかぬ日とよくなく日とを縒りながら犬は師走をさびしげになく

他所の家のごと

くもりびの川岸あゆめば軽鴨のあとを軽鴨流れてゆきぬ

車椅子押しゐしひとが犬の子を遊ばせながら向かうからくる

とうめいの傘の真上の夜の空をこぼれくる雪白くみだれて

母と伯母がお墓参りへゆくが見ゆ墓への坂をひとりし行けば

曲がりたれば夕陽のあたる屋根が見ゆしづかなりけり他所の家のごと

息の緒の終はらむとする犬を撫づ気の優しき娘《こ》と強き娘の分も

前と後ろの足それぞれに揃へあり犬がこの世に残ししからだ

玄関を開けると顔だす犬の顔もうあらざれど犬小屋のある

夜昼の区別もあらず鳴く犬を抱きてただに憎みし夜は

人と同じか人も同じか老いながら衰へながら忘れてゆくは

あと十日命永らへてくれたらばペットシーツは残らぬものを

雨のおときこゆる廊下のうすあかりこれは黄泉路をゆく犬のにほひ

一太郎のまへに坐りてＧＥＮと打つわがパスワードわれの犬の名

震災後うまれの犬が老いて病み死を得るまでの十八年間

あの朝にひとり残つてさう言つて媼は独居老人といふ

水色に塗られゐにけりわが町は高潮洪水ハザードマップ

紅梅の三つ四つひらくかたはらの郵便受けを覗く日日あり

梅のえだ選りて切らむとするときに犬のなくこゑ聞きたるやうな

電柱の根

北風の吹きあふりたる雪片が但馬丹波の山越えて降る

春来れば辛夷の花をかの世から見よとて咲かす歌のともだち

電線のすべてはづされ立ちにける電信柱すこし傾く

立ちたるまま截断されて電柱が人の丈ほどになりぬ地上に

親不知の抜かれる軋みのギシギシと電柱の根に泥がつきをり

水溜まりを生みし空き地のもうなくて新築マンション雨にずぶ濡れ

てつぺんを赤く点してペンたてに立ちボールペンのさびしかりけり

ふれたれど抱きそこねし猫の尾が手のとどくところを過る

窓をでて壁をくだれる蟻たちの列の続けり穴の中まで

混戦のカーブを駆ける一頭はわが家の一番人気の栗毛

桃の花ひらきて散りて粒粒の雛あられをもう食べてしまひぬ

ポトナムの、といふやいなや要りません即おかれたる受話器の音す

まだ痛むとメール返せばこれの肉を届けくれたり娘の連れ合ひ

円らなる一つを見しより競ふごと梅の木に実の増えくるばかり

階上階下

ゆふぐれの桜の枝のあまたなる蕾のなかの五つがひらく

電線のあひだからふる雨脚は柿の青葉に直接に降る

大粒の雨音やまぬ真昼間の階上階下われ今ひとり

高齢の犬はいかがと問ひくれてまた犬飼へとペットロスには

介助犬介助ロボットどちらとも犬やロボットのためにはあらず

ロボットを撮りし二台目もいでてこず格納容器の中よりいまだ

路地風に梅の木ゆれてゐたりけり逆らふごとく従ふごとく

裏がはに点点とつくやはらかき命あづかりて育てる梅の木

口も首もほどよく締まる鶴首の水たくはへるあたりが平凡

努めてもいまだにできず煮魚の目玉美味さうにせせり食ふこと

壁鏡かけてたのしも飾り彫りの木の実の一つが天道虫で

くろ猫が追ひかけてゐしガガンボの落ちて官邸のドローンのやうなり

町角の消えてしまつた橙があの世にしろき花咲かすころ

雨だ雨だ
ひとりづつ名前呼ばれて呼ばれたるわれも扉の奥へと消える

鼻からですか喉からですかと問はれをり風邪の症状問ふかのごとく

土のうへに出でてのたうつミミズなりゐを撮るカメラのどを進めば

目頭に涙といふがにじみくる胃カメラなどは食べたくなくて

目をあけば医師の顔みゆ目つむればゐのなか進む胃カメラが見ゆ

リラックスリラックスと思ひ懸命にリラックスといふに努めてわれは
目をあけることが力を抜くためのコツと教はる格言のごと

干からびるミミズがベッドの上にゐる胃カメラすーと抜かれたるとき

両開きのドアが廊下の先にありひらきたるとき奥の扉みゆ

胃カメラを飲むコツすこし上達かガラス戸ごしの石蕗に問ふ

金柑の木から顔だすひよどりが頭をすこしかしげゐにけり

川を水が雨だ雨だと走りゆく浅瀬の石にぶつかりながら

百合の樹の木陰

猫の子を銜へ走りゐし虎猫が陽射しを踏み踏みしめてくる

柿の木の風に遅れる揺れやうは柿の実ふくらみはじめたるらし

茱萸の実の滴るごとく赤ければ広げてゐたりわれの手の平

雨の粒ぽつんと額ぽつんと打ち揺れはじめたる紫陽花葉叢

キタキツネ振りかへりゐてゐはがきは森のひかりが後ろよりさす

ゲンちやんのこと思ひつつ千の風になつてを歌ふ小動物合同慰霊祭

五番さんと呼ばれし人はわれのやう水と箸きてオムソバが来る

ノックなしで入つてもよいと思ふらし突然に来る娘もその子も

法案の成立阻止デモ、そのあとを聴かむとすれど風運び来ず

ゲンちやんのゐないこの夏もう終はる風に揺れつつ狗尾草も

自転車がゆつくり過り窓のそとゆつくり動きはじめる夕暮れ

八月の雨に濡れたる樹のみどり夜よりふかく暮れてゆくもの

酸欠の鯉のくるしき顔思ふ夜《よ》のまだあけずまだ夜《よる》あけず

鳥のさま思ひ顔あげて飲む水が体にひろがる根ののびるごと

百合の樹の木陰に入りぬ信号を待つとき入りし友を思ひて

熊蟬のかほ

雨蛙のにほひのあらず手のひらに小石握りて開きてみれど

長針の影の動きてすぐあとを長針が追ひ音しづかなり

さくら葉が肩さきさはるさくら道さくら繁りぬうしろの道も

鳴くまへも鳴きをはつても熊蟬のかほ押し並べて真面目さうなり

新内閣発足のたび板書せしロイド眼鏡の社会科教師

兵隊が匍匐前進のままに伏すとき黒蟻が見えたとおもふ

すずめ来て止まりたるとき金色のゑのころぐさがふはあと曲がる

秋の夜のひとりの夜に目をつむりやをら回せば首が鳴るなり

蛾を食ひて出窓にねむりゐたりける猫の体が寝返りをして

とほけれど紅葉ならむ遠山のナナカマドには露の玉ひかり

あき萩のしなへるゆゑに枝枝の先の先まで つきたる蕾

かたばみのほそぼそと立つ草むらをそよがすほどのこと思ひをり

スーパーの裏の通りを風とほる鳩が片足引き上げる道

大阪のアメリカ村を逃げまはりひそめる猿をとらへし吹き矢

窓にきてゐる月

電柱の腰のあたりを照らしだし車のひかりの先が近づく

七十なんてまだ入口ときて知るその入口の二歩目の途中

わたしへの恐れがいまだ消えぬ猫つくえの裏にゐる気配あり

同じもの喰はせ育てし娘ふたりチンパンジーとオランウータン

真夜中のドア引きたればただひとつトイレの窓にきてをり月が

うしろから沁みるやうなり枯芝の体育坐りに光の粒は

遠くからも近くで見ても婆ですか確かに下からよんでも同じ

明け方と父を思へば母もまたあけがた逝きし朝顔のあさ

要るものがあると出かけし行きさきも夫の要るものも何か知らねど

足もとに糞をおとせる電線の一羽の鳥をわれは見上げる

柿の実がぽとりと落ちて転がりぬぐちやつと落ちし柿の実の方へ

背後

鳥のかげ直線をひき飛び立ちて羽ばたく音に枝ゆれてゐる

枝のごとくなりてその身をまもりしも虫にもどりたくないといふ虫

眼鏡はづし眼鏡をかけてまたはづし今度は顔を近づけて読む

上下させ見むとしみたる天眼鏡やつぱり見えぬ父の戦争

トースターに焼け上がりたる食パンがつめたくなりてわれを待ちをり

老牛になるとも悔いることのなし食事のあとの睡魔にだかれ

吾亦紅さういへば早世の友の子が若くして死を選びたりしと

外の猫に見られるために見るために出窓にすわりたるままの猫

近づけば出窓の猫がにげてしまふガラス隔てるとわれは何者

人をまつごとき間をおき左右からエレベーターの扉が閉まる

ヘルスメーターの上に乗せたる肉叢の痛みといふは数値にならず

回らざる首がうしろを見むとすれば回転扉のごとく体がまはる

ふたつのみ熟柿を枝に残しおき雀ごたちはいづこへゆきぬ

うつくしくま白く連なる首の骨うつくしいと言ふ先生が二度

五六日まへから明かりのともる窓メリークリスマスのカラーペイント

こんなにも月の蒼いは何度目かさみしい夜に限つてあをい

頭の上に本のせてゐる歩みなり進むとは首の力であれば

宮参りの兄の頭を包みゐしフリルの帽子われをも包み

とつぜんに坐りたるねこ耳を掻きまた階段をとんとんおりる

背後とは首の回らぬ人の身につのる不安が見つけたりけむ

ただよへる雲のじわじわうすれゆくごとき効き目の湿布の薬

草のうへの落葉を拾ふと触れたれば冬草の葉はひんやりしてゐる

カートリッジインキつめむと手に持ちて弾の重さを思ふてのひら

眼帯のしたのうすぐらき目の底をゴキブリ走ると夫がつぶやく

灯を消すと活動はじめる御器嚙《ごきかぶり》よるの国会議事堂走る

橙の樹のありしところと知らざらむ車が夜を眠りに戻る

ポストまで行つて帰る間《ま》自転車を漕ぎゆく人と擦れ違ひたり

家並みのとほくにからすのなく声は夜の猪名野をゆく心地なり

枕辺のこれのマスクは夜のふくるころのわれから散りしいち枚

あとがき

本集は第五歌集『蛍ぶくろ』以後、約五年間の作品を収める。この間を思い返してみると、大切な人を失い、一八年間一緒だった柴犬も死んでしまった。東の窓のそばにパソコンを置いている。その窓の下は幸いなことに長いあいだ空き地だった。今は窓を開けるとマンションの外壁が見える。日当たりも風通しもよかったころが懐かしい。開け放つ楽しみがなくなって私の東の景色も失ったような気がする。会いたい人たちを思い、犬を思い、空き地を思う。よって第六歌集のタイトルを『窓に寄る』とした。

同人誌「鱧と水仙」の仲間からは変わらぬ刺激を受けてきた。また「ポトナム」の先輩や仲間たちに支えられ助けられてきた。

角川文化振興財団の石川一郎様から「角川平成歌人双書」のお誘いをいただいたことに深く感謝している。早く纏めなければと急く気持はあったが、纏められない言い訳ばかり考えていた。歌集をお願いするのは第一歌集『躓く家鴨』以来のことで、その間のことを思うと感慨ぶかい。

この度、石川一郎様、打田翼様から、実に細やかなお心くばりをいただいたことに心から御礼を申しあげる。ありがとうございました。

平成二八年八月九日

中野昭子

著者略歴

中野昭子（なかの・あきこ）

頴田島一二郎に師事。1977年「ポトナム」入会、現在編集委員、選者。
1986年「風景」（醍醐志万子）に入会。
1993年同人誌「鱧と水仙」創刊に参加。

歌集『躓く家鴨』、『たまはやす』、『草の海』、『夏桜』、『蛍ぶくろ』、『中野昭子歌集』（現代短歌文庫）。
歌人論『石川不二子のうた』『森岡貞香『白蛾』『未知』『甃』の世界』。

角川平成歌人双書

歌集　窓に寄る《まどによる》

ポトナム叢書第五一七

2016（平成28）年10月25日　初版発行

著　者　中野昭子

発行者　宍戸健司

発　行　一般財団法人　角川文化振興財団

〒102-0071　東京都千代田区富士見1-12-15

電話03-5215-7821

http://www.kadokawa-zaidan.or.jp/

発　売　株式会社　KADOKAWA

〒102-8177　東京都千代田区富士見2-13-3

電話0570-002-301（カスタマーサポート・ナビダイヤル）

受付時間　9:00 ～ 17:00（土日　祝日　年末年始を除く）

http://www.kadokawa.co.jp/

印刷製本　中央精版印刷　株式会社